Ursel Sch
Zafira – Ein Mädc

Ursel Scheffler

Zafira

Ein Mädchen aus Syrien

Mit Illustrationen von Jutta Timm

Hase und Igel®

Für Lehrkräfte gibt es zu diesem Buch
ausführliches Begleitmaterial beim Hase und Igel Verlag.

© 2016 Hase und Igel Verlag GmbH, Garching b. München
www.hase-und-igel.de
Lektorat: Anna Schultes, Patrik Eis
Druck: Grafisches Centrum Cuno GmbH & Co. KG

ISBN 978-3-86760-193-1
2. Auflage 2016

Inhalt

1. Kapitel
Die Neue

Nach der Sportstunde stürmen Anna und ihre Mitschüler ins Klassenzimmer. Sie haben gerade das Volleyballturnier gegen die Nachbarklassen gewonnen. Da ist die Freude groß – und laut! Die begeisterten Sportler bemerken gar nicht, dass ihre Lehrerin schon da ist.

Frau Bartos hat ihnen den Rücken zugewandt und schreibt in großen Buchstaben das Wort *ZAFIRA* an die Tafel. Neugierig lesen es einige. Langsam wird es ruhiger.

„Zafira? Was is'n das?", fragt Sascha schließlich.

„Ein Zauberwort?", rät Anna.

Frau Bartos dreht sich um und lächelt geheimnisvoll. Da ist es still. Die Schüler sind gespannt. Ihre Lehrerin kennt immer so tolle Erklärungsgeschichten. Auch diesmal werden sie nicht enttäuscht.

„Das ist Arabisch und bedeutet so viel wie ‚hell und glänzend'", sagt Frau Bartos.

„Ein Sternname?", ruft Mara, die fast immer alles weiß.

„Gute Idee", findet Frau Bartos. „Aber es ist ein Mädchenname. So heißt nämlich unsere Neue. Ihr werdet sie gleich kennenlernen. Sie kommt von weit her …"

„Aus Bayern?", ruft Andreas, der vor einem Dreivierteljahr aus Rosenheim zugezogen ist.

„Viel weiter, Andreas. Sie kommt aus Syrien", antwortet Frau Bartos.

„Da ist Krieg", weiß Mara.

„Die Menschen müssen weglaufen vor den Bomben", meldet sich Sascha zu Wort. Das hat er im Fernsehen gesehen.

„Im Kindergarten bei meiner Schwester ist ein Junge aus Syrien. Der sagt den ganzen Tag kein Wort", bemerkt Sofia.

„Weil sie in Syrien eine komische Sprache sprechen", sagt Sascha.

Frau Bartos unterdrückt ein Lächeln. „Du meinst sicher *eine andere Sprache*, Sascha!", sagt sie. „Arabisch ist eine uralte Kultursprache, die von über 200 Millionen Menschen als Muttersprache gesprochen wird."

„Wow! Und wie viele Menschen sprechen Deutsch als Muttersprache?", fragt Mara.

„Vielleicht halb so viele", schätzt Frau Bartos.

„Warum heißt es eigentlich *Mutter*sprache und nicht Vatersprache?", will Andreas wissen.

„Weil die Kinder die Sprache meist von ihrer *Mutter* lernen, denke ich", sagt Frau Bartos und freut sich über das Interesse ihrer Klasse an dem Thema.

„Und warum heißt es *Vater*land?", fragt Mara.

Frau Bartos überlegt. „Vielleicht, weil die alten Germanen*väter* dafür zuständig waren, das Land, auf dem sie wohnten, zu verteidigen."

„Versteht sie ein bisschen Deutsch, die Neue?", fragt Anna, die jetzt ans Praktische denkt.

„Ich glaube nicht", antwortet Frau Bartos.

„Aber wie sollen wir uns mit ihr unterhalten, wenn wir gar kein Arabisch können?", überlegt Anna.

9

„Redet einfach Deutsch und seid nett zu ihr. Sie wird am Klang eurer Stimme und an euren Augen erkennen, dass sie willkommen ist. Bald wird sie einige Worte verstehen und in ein paar Wochen auch sprechen. Kinder lernen eine Sprache schnell. Viel schneller als Erwachsene …“, erklärt Frau Bartos.

„Stimmt. Mein kleiner Bruder konnte erst nur ‚blabla‘, ‚Auto‘ und ‚Mama‘ sagen. Jetzt hat er in einem Jahr richtig sprechen gelernt!“, bestätigt Elise.

„Kinder haben im Kopf einen Extraplatz für eine zweite Muttersprache. Das hat die Natur so eingerichtet“, sagt Frau Bartos. „Das ist praktisch, wenn zum Beispiel Mama und Papa zwei unterschiedliche Sprachen sprechen.“

Alle sind ganz gespannt auf die Neue. Und dann steht sie in der Tür. Sie ist ein bisschen schmaler und größer als Anna und hat kastanienbraune Locken und runde dunkelbraune Augen, die ein wenig ängstlich dreinsehen, als sie der Schulleiter in die Klasse schiebt.

Hinter ihm steht eine schlanke Frau im braunen Mantel. Ihre Haare sind mit einem hellen Kopftuch verhüllt: Zafiras Mama.

„Willkommen bei uns, Zafira", sagt Frau Bartos und streckt Zafira und ihrer Mama die Hand hin, die sie zögernd ergreifen. „Am besten setzt du dich neben Anna", überlegt Frau Bartos und

deutet auf den leeren Stuhl am vorderen Fenstertisch. Der Platz neben Anna ist letzte Woche frei geworden, weil ihre Freundin Iris nach Köln gezogen ist.

Unsicher sieht sich Zafira um. Sie weicht einen Schritt zurück und greift nach der Hand ihrer Mama. Sie hat kein Wort verstanden, aber sie hat begriffen, dass sie sich neben das fremde Mädchen setzen soll.

Da steht Anna auf und geht zu ihr. „Komm!", sagt sie und nimmt Zafira an der Hand. „Setz dich neben mich!"

Zafira versteht die Worte nicht, aber die Geste. Mutig folgt sie Anna.

Der Schulleiter verabschiedet sich und geht mit Zafiras Mutter zur Tür. Unsicher sieht Zafira ihrer Mama nach, die sie jetzt allein lässt.

„Keine Angst", sagt Anna und greift wieder nach Zafiras Hand. „Ich bin Anna!" Sie deutet

mit ausgestrecktem Zeigefinger auf ihr buntes Shirt. „Und du bist Zafira!" Sie zeigt auf Zafiras hellblauen Pulli.

Zafira lächelt. Sie hat verstanden. Dann nimmt sie neben Anna Platz.

Das ist jetzt vier Monate her. Und inzwischen ist fast ein Wunder geschehen. Zafira ist zwar immer noch etwas schüchtern, aber sie kann schon viel verstehen. Wenn sie mutig ist, spricht sie auch ein paar Sätze: „Ich heiße Zafira. Ich komme aus Aleppo in Syrien. Meine Mama heißt Nesrin. Mein Papa heißt Sinan. Ich wohne seit zwei Wochen in der Uhlandstraße."

Und Zafira versteht jeden Tag ein bisschen mehr.

Umgekehrt ist es schwieriger. Die anderen verstehen nicht, was Zafira sagt, wenn sie mit ihrer Mutter redet. Sie verstehen auch nicht, warum sie manchmal traurig ist und warum sie davonläuft oder sich versteckt, wenn ein Flugzeug zu dicht über die Dächer fliegt oder die Jungs auf dem Schulhof mit den Brötchentüten knallen.

Frau Bartos versucht, ihren Schülern Zafiras Verhalten zu erklären. „Zafira kommt aus einem anderen Land. Sie hat viele Dinge erlebt, die sie uns vielleicht später einmal erzählt. Und sie ist klüger als wir alle", sagt die Lehrerin und legt ihren Arm um Zafira. „Sie spricht Arabisch und ein bisschen Englisch. Und jetzt lernt sie auch noch Deutsch!"

2. Kapitel
Eine spannende Mathestunde

Aber nicht nur Zafira lernt dazu. Auch die anderen in der Klasse erfahren jeden Tag etwas Neues – über Zafira und das Land, aus dem sie kommt. Frau Bartos hängt eine große Landkarte an den Kartenständer und zeigt allen, wo Syrien ist.

„So weit weg wie Jerusalem!", staunt Mara.

„Die Hauptstadt heißt Damaskus und ist vielleicht sogar älter als Jerusalem. Vor dem Krieg lebten in Damaskus ebenso viele Menschen wie in Hamburg. Aber jetzt sieht es dort schlimm aus. Viele Menschen sind bei Luftangriffen umgekommen oder auf der Flucht. Die Häuser und auch die meisten der herrlichen Bauwerke sind zerstört. Wie in der wunderschönen alten Stadt Aleppo, aus der Zafira kommt." Sie wendet sich an Zafira und sagt: „Zeig uns bitte deine Stadt Aleppo auf der Karte."

Zögernd steht Zafira auf. Dann geht sie zur Karte und sagt: „Hier ist Aleppo! Meine Stadt."

Frau Bartos erklärt, dass Zafira nicht aus dem Nirgendwo aufgetaucht ist, sondern aus einem Land mit einer uralten Kultur kommt, in dem jetzt ein unbarmherziger Krieg herrscht.

Es klingelt zur Pause.

„Komm mit!", sagt Anna zu Zafira. Sie gehen gemeinsam in den Pausenhof. Anna teilt mit Zafira ihr Pausenbrot. „Gut, oder?", fragt Anna.

„Sehr gut!", bestätigt Zafira und lächelt.

Nach der Pause ist Matheunterricht. Während alle ihre Hefte und Bücher herausholen, sagt Frau Bartos: „Wir nennen die Zahlen, mit denen wir jetzt gleich rechnen, arabische Zahlen. Wisst ihr warum?"

„Vielleicht wurden sie in Arabien erfunden?", meint Anna.

„Das war ein bisschen anders", sagt Frau Bartos. Und dann kommt eine von ihren spannenden Erklärungsgeschichten: „Vor 2000 Jahren gab es noch keine geschriebenen Zahlen. Die Menschen zählten alles an ihren Fingern ab oder an aufgereihten Perlen und Muscheln. Zu dieser Zeit lebten in Indien kluge Gelehrte, die den Lauf der Sterne beobachteten."

„Die heißen Astronomen!", ruft Marek, der mit seinem Papa oft im Planetarium ist.

„Diese Gelehrten wollten ihre Berechnungen aufschreiben", fährt Frau Bartos fort. „Da reichten die zehn Finger an der Hand nicht aus. Sie brauchten große Zahlen. Deshalb erfanden sie etwas Geniales: die Null. Das Nichts. Ein leerer Kreis. Ein gemaltes Loch. Aber die Ziffer Null macht die vorangehende Zahl zehnmal so stark."

„Wenn man sagt, der ist eine Null, dann ist er aber gar nicht stark", bemerkt Jonas.

Frau Bartos lacht. „Da sieht man, dass es immer auf den Standpunkt ankommt. Wenn die Null vor der Eins steht, ist sie auch nichts wert."

„Und warum heißen unsere Zahlen dann nicht indische Zahlen?", will Mara wissen.

„Weil sie über Arabien zu uns kamen. Arabische Gelehrte übersetzten die indischen Astronomiebücher vor mehr als 1000 Jahren ins Arabische. Und weil die Araber damals von Afrika aus bis nach Spanien kamen, brachten sie auch die Zahlen mit. Deshalb nannte man sie arabische Zahlen."

„Wie hat man sie denn vorher aufgeschrieben?", will Mara wissen.

„Da verwendete man in Europa bis ins Mittelalter die römischen Zahlen. Ihr könnt sie noch auf vielen alten Inschriften sehen: an Kirchen,  Burgen und Friedhöfen, in alten Büchern oder im Museum. Die Römer machten für die Eins einen Strich, für die Zehn ein X und für die Fünf ein V." Frau Bartos schmunzelt und fügt hinzu: „Übrigens kommt auch die Redewendung ‚Jemandem ein X für ein U vormachen' von den römischen Zahlen."

„Das heißt doch: einen beschummeln?", fragt Mara.

„Genau. Könnt ihr euch denken, warum?"

Das weiß nicht einmal Mara.

„Unser U stammt vom lateinischen Buchstaben V ab, der ja auch für die Fünf steht. Wenn jetzt zum Beispiel ein römischer Kneipenwirt einem Gast fünf Becher Wein ‚angekreidet‘, das heißt ein V an die Tafel geschrieben hat, dann konnte er bei der Endabrechnung mit zwei kleinen Strichen aus dem V ein X machen – also ein X für ein U!"

„Das ist gemein", sagt Sascha. „Das heißt doch, dass der Wirt die Rechnung verdoppelt hat!"

„Ganz schön tricky!", findet Paul.

„Wenn er eine Null danebengeschrieben hätte, wär es zehnmal so viel gewesen", bemerkt die schlaue Mara.

„Die Römer hatten doch keine Null!", ruft Anna lachend.

„So ist es", bestätigt Frau Bartos. „Und jetzt schlagt mal eure Rechenhefte auf. Seid froh, dass ihr mit der Null rechnen dürft und nicht mit römischen Zahlen."

Zafira hat nicht alles verstanden, was Frau Bartos gesagt hat. Aber als das Heft mit den Rechenaufgaben vor ihr liegt, freut sie sich. Rechnen ist ihr Lieblingsfach. Da versteht sie alles. Zahlen sind ihre Freunde! Sie sprechen direkt zu ihr – ohne Worte.

Überhaupt entdeckt Zafira in der nächsten Zeit viele Dinge, die sie ohne Worte versteht. Und das Ohne-Worte-Verstehen ist für einen, der fremd ist, ganz wichtig. Die Schulfächer, die sie neben Mathe am liebsten mag, sind daher Kunst, Sport und Musik. Sie fühlt, ob ein Musikstück frech, fröhlich oder traurig ist. Musik geht ohne Worte direkt ins Herz.

Im Kunstunterricht ist es ähnlich. Da kann man malen, was man mit Worten nicht erklären kann. Manchmal wenn Zafira ein Wort nicht weiß, malt sie einfach auf einen Zettel, was sie meint. Auch später noch, als sie schon ganz gut Deutsch kann. Zum Beispiel, als sie Anna erklären will, dass sie absolut keinen Fisch mag.

„Ich auch nicht", sagt Anna und lacht. „Nur Fischstäbchen. Die haben keine Augen."

3. Kapitel
Annas Geburtstag

Annas Geburtstag ist im Juni, kurz vor den Sommerferien.

„Diesmal lad ich nur Mädchen ein. Die Jungs sind im Moment doof. Die wollen immer gewinnen", sagt Anna. Sie erinnert sich noch an das vergangene Jahr, als die Jungen bei den Wettspielen fast alle Preise abräumten.

„Also keine Jungs?", fragt ihre Mama.

„Keine Jungs!", bestätigt Anna. „Aber dafür kommt meine syrische Freundin Zafira. Die ist echt nett!"

Es ist das erste Mal, dass Zafira in einer deutschen Familie ist. Und dann gleich auf einer Geburtstagsparty! Da ist vieles neu und ganz anders als zu Hause, wo es lange keinen Grund zum Feiern gab.

Der kleine Reihenhausgarten ist mit Luftballons und Lampions geschmückt. Annas Mama hat einen Geburtstagskuchen gebacken. Anna schafft es, die zehn Kerzen auf einmal auszublasen. Zafira findet den Glückspfennig, der im Kuchen eingebacken ist. Etwas erstaunt sieht sie auf den blanken Cent, der vor ihr auf dem Teller liegt.

„Der bringt dir Glück! Das ist toll!", freut sich Anna.

Dann fragt Annas Mama: „Möchtest du Kakao oder Tee?"

„Ich trinke, was alle trinken", antwortet Zafira.

Alle freuen sich auf die Wettspiele, bei denen es kleine Preise zu gewinnen gibt. Beim Würstchenschnappen rümpft Mara die Nase und sagt: „Ich darf kein Fleisch essen. In meiner Familie sind jetzt alle Vegetarier."

Annas Mama lächelt. „Ich weiß. Ich hab mit deiner Mama telefoniert. Du kannst unbesorgt mitschnappen. Und Zafira auch. Das sind Tofuwürstchen."

Es geht heiß her bei den Wettspielen – und die Sonne tut ihr Übriges. Nach einer Weile brauchen die Mädchen unbedingt eine Abkühlung. So stürzen sich alle auf die herrlichen Eisbecher, die Annas Mama gezaubert hat.

„Ist es heute so heiß wie in der arabischen Wüste?", fragt Sofia.

„Fast", entgegnet Zafira.

„Habt ihr zu Hause in einem Zelt gelebt?", will Mara wissen.

Zafira muss herzlich lachen, ehe sie antwortet. „Ja, wir lebten im Zelt. Kurze Zeit. In Deutschland. Im Lager. Zu Hause in Aleppo haben wir in einem Haus gewohnt, wie ihr. Aleppo ist eine große Stadt." Traurig fügt sie hinzu: „Aber jetzt ist alles kaputt."

„Hattest du mal ein Kamel?", fragt Elise, die gern reitet.

„Nein", sagt Zafira und lacht. „Kamele gibt es für die Touristen und in der Wüste. Nicht in der Großstadt. Nicht in Aleppo. Da fahren viele Autos, wie hier." Sie überlegt kurz und seufzt. „Früher jedenfalls."

„Was findest du besser in Deutschland?", erkundigt sich Sofia.

„Die Straßen sind sauber. Es ist ruhig und friedlich. Keine Menschen mit Waffen. Keine Häuser ohne Fenster. Keine Schuttberge …"

„Und was vermisst du am meisten?", fragt Anna.

„Meinen Papa", sagt Zafira.

4. Kapitel
Knallfrösche und Flugzeuge

„Ich weiß, warum euch Anna nicht zu ihrem Geburtstag eingeladen hat", sagt Alice zu Erik. „Sie findet euch doof."

„Das gibt Rache!", sagt Andreas. Mädchenärgern zählt gerade zu seinen Lieblingsbeschäftigungen!

Andreas und seine Freunde lauern auf dem Heimweg an der Ecke beim Bäckerladen den Mädchen auf. Und weil ihnen nichts Besseres einfällt, lassen sie Knallfrösche und einen Böller los. Sie kringeln sich vor Lachen, als Zafira schreiend davonläuft. An der Eingangstür zur Bäckerei

bleibt sie stehen. Sie weint und will sich gar nicht beruhigen.

„Selber Knallfrösche!", schimpft Anna. Sie läuft zu Zafira und legt tröstend den Arm um ihre Schulter. „Seht ihr nicht, dass sie sich fürchtet?", ruft sie den Jungen zu.

Aber die lachen bloß.

„Es ist doch nur Spaß!", ruft einer.

„Ist doch nichts passiert! Die soll sich nicht so anstellen", spottet Sascha. „Neulich ist sie sogar erschrocken, als wir harmlose Brötchentüten zerknallt haben."

„Ihr habt keine Ahnung von gar nix!", schreit Anna wütend. Sie ahnt, warum Zafira die lauten Geräusche in Panik versetzen.

Die Jungen laufen weg. Anna möchte, dass Zafira aufhört zu weinen. Sie gibt ihr ein Papiertaschentuch und sagt: „Komm, ich kauf dir beim Bäcker ein Mandelhörnchen."

Aber Zafira will kein Mandelhörnchen. Sie schluchzt nur. Sie will auch nicht reden. Sie kann nicht reden. Es fehlen ihr die richtigen Worte.

Am nächsten Tag kommt Zafiras Mutter in die Schule. Sie kann erst ein bisschen Deutsch. Da lassen sich Gefühle nicht so gut erklären. Deshalb

beschreibt sie Frau Bartos den
Grund für Zafiras Panik
auf Englisch: Das Krachen
der Feuerwerkskörper erinnert Zafira an die Schüsse
in Aleppo, als die IS-Re-
bellen mit Maschinenge-
wehren durch die Straßen
der Stadt liefen und wild
um sich feuerten. Diese
Kämpfer wollen ein Land
errichten, in dem nur ihre
eigenen Gesetze gelten. Sie
sind sehr grausam. Auch
Zafiras beste Freundin starb
bei einem Angriff, als sie vor
dem Haus mit einer Katze
spielte.

„Ich hab es vom Fenster
aus gesehen!", berichtet
Zafiras Mutter und wischt schnell eine Träne weg.
Dann erzählt sie, dass die Rebellen auch den Bus
entführt haben, in dem ihr Mann, wie jeden
Morgen, die Leute zur Arbeit fuhr. Und dass sie
nicht weiß, was mit ihm passiert ist und ob er
noch lebt.

Am nächsten Morgen fällt die halbe Mathestunde aus. Frau Bartos erklärt ihrer Klasse stattdessen, was gerade in dem Land passiert, aus dem Zafira kommt.

Wie schrecklich Krieg ist.

Wie furchtbar es ist, wenn Menschen mit Waffen aufeinander losgehen.

Und dass bei Zafira durch die Knallfrösche schreckliche Erinnerungen wach werden …

Es ist eine Erklärungsgeschichte der besonderen Art. Ziemlich betreten sitzen die Jungs da.

„Tut uns leid!", sagt ein Mutiger. Es ist Alex, der sonst immer eine große Klappe hat. Aber diesmal zeigt er Größe. Er geht auf Zafira zu, gibt ihr die Hand und sagt: „Entschuldigung."

Zafira sieht ihn nicht an, aber sie lächelt ein bisschen.

An diesem Abend liegt Zafira im Bett und kann nicht schlafen. Das Geräusch der letzten Postmaschine, die um 23 Uhr zur Landung am Hamburger Flughafen ansetzt, hat sie aufgeweckt. Und plötzlich ist er wieder da, der Albtraum: Die Erinnerung an die schreckliche Nacht, als die Flieger in Aleppo über ihr Haus brummten wie gefährliche Hornissen …

5. Kapitel
Zafiras aufregende Geschichte

Zafira erinnert sich haargenau, wie es war, als Mama sie mitten in der Nacht weckte und ihr im Halbschlaf die dicke Jacke über den Schlafanzug zog. Vom Minarett der nahe gelegenen Moschee hatte es ein Alarmsignal gegeben, dass wieder mal ein Luftangriff unmittelbar bevorstand. Mama drückte ihr den kleinen roten Rucksack in die Hand, der immer gepackt neben dem Bett stand, und dann rannten sie los.

„Pascha, mein Pascha!", rief Zafira, als sie unten an der Haustür waren. Sie riss sich los und lief noch mal zwei Treppen hinauf in die Wohnung zurück, um ihr Stoffnilpferd zu holen. Ohne Pascha ging sie nirgends hin. Er war ein Geschenk von ihrem Papa.

„Jetzt aber schnell!", drängelte ihre Mutter, als Zafira mit ihrem Kuscheltier wieder die Treppe herunterkam. Es war schon so „abgeliebt", dass es auch ein geübter Zoologe nicht mehr als Nilpferd erkannt hätte.

Genau wie die meisten Nachbarn suchten Zafira und ihre Mama Zuflucht im Keller des Bäckerhauses, weil der dicke Betonmauern hatte.

Man hörte die Ein-
schläge von Bom-
ben, das Schreien
von Menschen,
die um ihr
Leben rannten.
Endlich schloss
sich die schützende
Tür aus Stahl hinter
ihnen.

Nach einer Vier-
telstunde, die eine
Ewigkeit zu dauern
schien, war der Spuk
vorbei. So plötzlich, wie er gekommen war. Das
Dröhnen und Brummen verklang in der Ferne.

Der Bäcker ging als Erster nach oben und
erkundete die Lage. Er kam mit einem Gesicht
grau wie Asche zurück. „Furchtbar", sagte er. „Es
sieht furchtbar aus. Aber ich denke, der Angriff
ist vorbei."

„Komm", sagte Nesrin und nahm Zafira an der
Hand.

Der Mond schien, als sie sich aus dem Keller
wagten. Es war eine furchtbare Szene, die er be-
leuchtete.

Erschrocken sah Zafira auf das Loch in der Wand, wo vor Kurzem noch ihre blaue Haustür gewesen war. Sie war durch den Druck einer Bombenexplosion herausgeflogen und lag jetzt zertrümmert auf der Straße. Safran, der Hund des armenischen Gewürzhändlers, lag tot daneben. In einiger Entfernung entdeckte sie auf dem Gehweg leblose Kleiderbündel. Zafira presste die Augen fest zusammen, um nicht noch Schlimmeres zu sehen.

Trümmerschutt und Glassplitter knirschten unter ihren Füßen, als sie an der Hand ihrer Mutter die Treppe zu ihrer Wohnung im zweiten Stock hinaufstieg. Die Fensterscheiben im Kinderzimmer waren zerbrochen. Der Luftdruck der Bombenexplosion hatte in Zafiras Zimmer alles durcheinandergewirbelt. Durch ein Loch im Fußboden neben ihrem Bett konnte sie in die darunterliegende Wohnung schauen. Auch dort war alles verwüstet.

Sie entdeckte einige ihrer verkohlten Spielsachen. Da lag auch ihre Puppe Hope, die ihr Papa zum Zuckerfest am Ende der Fastenzeit geschenkt hatte. Sie hatte keine Beine mehr.

Zafira schluchzte. Ihre Augen füllten sich mit Tränen. Durch die kaputte Scheibe blickte sie auf die Straße hinunter. Gegenüber sah es noch schlimmer aus. Feuer züngelte aus den Fensterlöchern der Hausfassade. Beißender Qualm drang durch die zerborstenen Scheiben. Der Balkon, auf dem vor einiger Zeit noch der blaue Blumentopf mit dem blühenden Oleander gestanden hatte, lag zerschmettert auf der Straße.

Zafira presste ihren Pascha fest vor den Mund und rannte zu ihrer Mama. In der Küche auf der hinteren Seite des Hauses war die Luft etwas erträglicher.

Nesrin nahm Zafira fest in den Arm und sagte entschlossen: „Weg, wir müssen weg!" Und dann stopfte sie das Nötigste für ihre Tochter und sich in eine Reisetasche.

„Wohin gehen wir?", fragte Zafira, die danebenstand. „Zu Oma?"

Die Mutter nickte. „Ich hab eben mit Rami telefoniert. Er bringt die kleine Lucy zu ihren türkischen Großeltern nach Adana. Er nimmt uns mit bis in die Berge zu Oma und Opa. Das liegt fast auf dem Weg. Wir treffen uns am Bahnhof, noch ehe es hell wird." Sie lief durch die Wohnung, packte ein paar Dinge in die Tasche und sagte dann: „Komm, wir machen uns schon mal auf den Weg."

Zafira holte ihren kleinen roten Rucksack und klemmte Pascha unter den Arm. Der musste mit! Traurig sah sie zurück. Von ihren Büchern und allen anderen Sachen musste sie nun Abschied nehmen.

6. Kapitel
Die Flucht aus Aleppo

Auf dem Weg zum Bahnhof sahen Nesrin und Zafira Feuerwehrleute und Bewohner, die verzweifelt versuchten, Brände in den zerstörten Häusern zu löschen. Immer wieder loderten die Flammen auf.

Zafiras Schule brannte. Es war auch Nesrins Schule, denn Zafiras Mama unterrichtete dort seit vielen Jahren Englisch. Krankenwagen fuhren durch die Straßen. Sanitäter mit Tragen kreuzten den Weg.

Am Bahnhof standen viele Leute mit kleinen Kindern. Alle hatten den gleichen Gedanken: nur raus aus der Stadt! Sie hofften, dass ein Zug oder einer der vielen Busse kam, die normalerweise hier hielten.

„Wer weiß, ob überhaupt noch mal ein Zug kommt!", sagte eine alte Frau. „Das letzte Mal haben die Bomben die Gleise beschädigt. Die mussten erst repariert werden."

„Früher, da war alles anders. Da hielt hier die berühmte Bagdad-Bahn", brummte ein alter Mann, der auf Krücken an der Hauswand lehnte. „Früher, ja früher …!"

Zafira und ihre Mama warteten zum Glück nicht auf den Zug oder den Bus, sondern auf Rami, Papas Freund und Kollegen. Nesrin hatte sich mit ihm beim Taxistand am Bahnhof verabredet.

Zafira mochte Rami. Vor dem Krieg war er Busfahrer gewesen, wie Papa. Er hatte seinen Job allerdings verloren, als er beim Schmuggeln von Zigaretten erwischt worden war. Seitdem fuhr er ein altes Taxi. Das hatte er von einem Onkel geerbt, der sich vor einiger Zeit ins Ausland abge-

setzt hatte. Das Auto bot ihnen jetzt die beste Möglichkeit, aus der Stadt zu kommen.

„Wo Rami nur bleibt?", murmelte Nesrin und blickte immer wieder nervös auf die Uhr.

„Da kommt er doch!", rief Zafira und deutete auf das staubige alte Taxi, das jetzt näher kam.

„Überall Straßensperren. Es ging nicht schneller!", schnaufte Rami und riss die Türen auf, damit die beiden schnell einsteigen konnten. Rasch verstaute er das Gepäck im Kofferraum und fuhr mit quietschenden Reifen los.

Den Leuten am Bahnhof sah man an, dass sie Nesrin und Zafira um ihre Fahrgelegenheit beneideten. Sie alle hatten nichts anderes im Sinn, als die zerstörte Stadt möglichst schnell zu verlassen. Sie wünschten sich Sicherheit und Geborgenheit. Irgendwo …

Zafira saß neben der dreijährigen Lucy auf dem Rücksitz. Lucy freute sich und streckte Zafira lachend die Hände entgegen.

„Oma!", rief sie. „Fährst du auch zu Oma?"

„Ja! Aber zu *meiner* Oma", antwortete Zafira.

Die kleine Lucy war zum letzten Mal vor zwei Jahren bei ihren Großeltern in der türkischen Stadt Adana zu Besuch gewesen. Zafira hatte ihre Großeltern, die in einem Gebirgsdorf im Norden

Syriens lebten, vor einem Jahr zuletzt gesehen. Damals hatten sie zusammen Opas 60. Geburtstag gefeiert.

Der Weg zu Lucys Großeltern führte fast an dem kleinen Dorf an der türkischen Grenze vorbei, in dem Zafiras Großeltern lebten. In Friedenszeiten fuhr man die Strecke in vier bis fünf Stunden. Aber jetzt waren sie den ganzen Tag und noch die halbe Nacht unterwegs, weil der erfahrene Rami Nebenstraßen, Schmugglerpfade und Wüstenpisten wählte. So umgingen sie die Streckenposten der Rebellen, die vermummt und schwer bewaffnet an den Hauptstraßen lauerten.

Lucy schlief nach einer Weile erschöpft ein. Zafira steckte ihr den Schnuller, der herausge-

rutscht war, wieder in den Mund. Dann nahm sie ihr Nilpferd in den Arm und versuchte ebenfalls zu schlafen. Schließlich gelang es ihr auch.

„Jetzt ist es nicht mehr weit!", sagte Rami ein paar Stunden später zu Nesrin, die tapfer mit der Müdigkeit kämpfte. Er machte ein besorgtes Gesicht. Es war noch dunkel, aber er konnte trotzdem erkennen, dass die meisten der Bauernhäuser am Straßenrand und an den Berghängen verlassen und die Felder verwüstet waren …

7. Kapitel
Das Dorf in den Bergen

Als Ramis Taxi auf den holprigen Weg einbog, der in das Dorf führte, in dem Nesrins Eltern einen kleinen Bauernhof mit ein paar Kühen, Ziegen und Schafen hatten, machten sie eine schreckliche Entdeckung: Der ganze Ort war verwüstet!

Sprachlos stand Nesrin wenig später vor ihrem Elternhaus, das völlig ausgebrannt war. Sie setzte sich auf die Steinstufen vor dem fensterlosen Gebäude und weinte.

Ein Überfall der IS-Krieger! Wenn man davon im Fernsehen oder aus der Zeitung erfuhr, war es schrecklich. Aber es war noch tausend Mal schlimmer, wenn man selbst betroffen war.

Herumliegende Einmachgläser, Dosen und Knochen neben der Feuerstelle im Garten verrieten, dass die Rebellen hier längere Zeit Rast gemacht hatten. Nach der Flucht der Bewohner hatten sie sich noch von den Vorräten bedient, ehe sie das Haus in Brand steckten. Die Äste des uralten Olivenbaums vor dem Haus, auf den die Familie so stolz gewesen war, hatten sie abgesägt und für ihr Grillfeuer verwendet.

„Bestimmt ist es deinen Eltern gelungen, rechtzeitig in die Berge zu fliehen", versuchte Rami die verzweifelte Nesrin zu trösten. Aber es gelang ihm nicht. „Komm! Hier könnt ihr jedenfalls nicht bleiben!", sagte er schließlich.

„Und zurück nach Aleppo können wir auch nicht", schluchzte Nesrin. „Unsere Wohnung ist zerstört. Und die meisten unserer Freunde sind schon geflohen."

„Dann kommt ihr eben fürs Erste mit uns!", entschied Rami. „Los, lass uns weiterfahren, ehe die Kinder aufwachen. Das hier ist ein Anblick, den wir ihnen ersparen sollten …"

Nesrin warf noch einen letzten traurigen Blick auf den Trümmerhaufen, unter dem die Erinnerungen an ihre Kindheit begraben waren. Dann stieg sie ein.

„Kopf hoch!", ermutigte sie Rami und gab Gas.

An der türkischen Grenze gab es Probleme, weil Nesrin keine Einreisepapiere für sich und ihre Tochter hatte. Aber zum Glück kannte Rami einen der Grenzbeamten von früher. Da hatten sie als Schmugglerkollegen manches lohnende Geschäft gemeinsam abgewickelt. Mit einem „Trinkgeld", das die Reisekasse allerdings ziemlich schmälerte, gelang es ihnen, die Türkei zu erreichen.

Als sie durch die fruchtbare Tiefebene fuhren, in der die Stadt Adana lag, ging gerade die Sonne auf.

8. Kapitel
Bei Lucys Großeltern in Adana

Ramis Schwiegereltern waren außer sich vor Glück, als sie ihre Enkeltochter Lucy in die Arme schlossen.

„Lucy, Schätzchen!", rief die Großmutter und drückte die Kleine an sich. Dann fiel ihr Blick über Lucys Schultern auf die Frau und das Kind, die jetzt aus dem Auto kletterten. Sie sah ihren Schwiegersohn überrascht und fragend an.

„Das sind unsere Freunde Nesrin und Zafira", stellte Rami seine Begleiterinnen vor. „Sie sind hier, weil … nun, das – das erzähle ich euch später …"

„Und Enisa, wo ist Enisa?", erkundigte sich Ramis Schwiegermutter nach ihrer Tochter.

„Wir haben dauernd versucht bei euch anzurufen. Aber die Telefonverbindung war leider unterbrochen", klagte Enisas besorgter Vater.

„Kein Wunder. In Aleppo war die Hölle los", seufzte Rami. „Ich hab euch auch nicht erreicht, und als ich jetzt von unterwegs anrief, wollte ich – konnte ich nicht erzählen, was passiert ist. Ich musste es euch persönlich sagen."

„Was ist los mit Enisa? Nun sag schon …", drängte Enisas Mutter ihren Schwiegersohn.

Rami seufzte und sah seine Schwiegereltern traurig an. „Enisa war in einem Bus, der vor einer Woche von den IS-Kämpfern aufgegriffen wurde. Genau wie Zafiras Papa, der den Bus lenkte. Sie war auf dem Weg zur Arbeit."

„Oh Gott!", rief Ramis Schwiegermutter Maryam. Sie war Christin und stammte aus Syrien. „Die Rebellen haben unsere Tochter entführt?"

„*Inschallah!*", seufzte ihr Mann Azmi, der Muslim war. Und er meinte das Gleiche wie seine

Frau. Wenn ihre Tochter in der Gewalt der IS-Rebellen war, konnte man nur noch auf göttlichen Beistand hoffen.

Rami erzählte vom schrecklichen Bombenangriff auf Aleppo. Und wie froh er war, dass sie jetzt hier waren.

„Nun setzt euch erst mal", sagte der Hausherr und versuchte die Fassung zu bewahren. „Ich mache uns ein schönes Frühstück."

Seit Lucys Opa im Ruhestand war, bereitete er jeden Tag die Morgenmahlzeit für seine Frau. Das war äußerst ungewöhnlich für einen türkischen Ehemann. Aber Azmi hatte als junger Mann einige Jahre als Steward bei der Bagdad-Bahn gearbeitet und im Zug die Reisenden versorgt. Deshalb war er Frühstücksspezialist aus Leidenschaft.

„Er ist wohl der einzige Mann weit und breit, der das kann", sagte seine Frau stolz. Sie trug immer noch Lucy auf dem Arm, die sich eng an ihre Oma kuschelte. Maryam seufzte und sagte: „Kommt jetzt, Kinder, ich zeige euch inzwischen das Bad und euer Zimmer."

Sie gingen in den ersten Stock hinauf, wo die Schlafräume lagen. Lucys Großmutter öffnete die Tür zu einem freundlichen Zimmer an der Ost-

seite des Hauses, in das die Morgensonne herein-
schien, und sagte: „Das war einmal das Kinderzimmer von Enisa, Lucys Mama."

In der linken Ecke neben dem Fenster war das
Kinderbett, in dem die kleine Lucy bei ihrem
letzten Besuch geschlafen hatte. An der rechten
Wand stand ein Sofa.

„Mein Bett und mein Teddy!", rief Lucy und
lief voller Freude auf den Bären zu, der im Kinderbett lag.

„Ich schlage vor, dass jetzt Zafira und ihre
Mama hier schlafen. Und du darfst bei uns ins
Bett schlüpfen, Lucina-Schätzchen", sagte Maryam und legte den Arm um ihre Enkeltochter.
Sie nannte Lucy zärtlich bei ihrem Taufnamen,
den sie damals selbst mit ausgesucht hatte. Er
gefiel ihr gut, weil Lucina „die Leuchtende" bedeutet und sie dem Kind eine leuchtende Zukunft wünschte.

Nesrin trat ans Fenster. Draußen war ein ge-
pflegter Garten mit einem kleinen Teich und
einem winzigen Springbrunnen. Am Ast eines
Baumes hing eine Schaukel, deren Seile verwit-
tert waren und silbrig glänzten.

„Wie schön", seufzte Nesrin.

„Und so friedlich", sagte Zafira.

„Kommst du mit spielen?", fragte Lucy und griff nach Zafiras Hand.

„Bevor ihr in den Garten geht, wird gefrühstückt!", rief der Großvater von unten. Da roch es schon nach frischem Fladenbrot und türkischem *Kahve*.

„Nun bist du doch bei *meiner* Oma!", sagte Lucy triumphierend zu Zafira, als die beiden am frühen Abend gemeinsam in dem kleinen Bad die Zähne putzten.

„Mama hat gesagt, *meine* Oma war nicht zu Hause", antwortete Zafira. „Sie wusste ja nicht, dass wir kommen!" Nesrin hatte ihrer Tochter verständlicherweise nicht die ganze Wahrheit gesagt.

Zafira schlief wunderbar in dieser Nacht. Nun waren sie vor den schrecklichen Bomben in Sicherheit.

„Wir können nicht für immer bleiben, Zafira", sagte Nesrin am nächsten Morgen zu ihrer Tochter. „Und wir können auch nicht nach Aleppo zurück." Behutsam wählte sie ihre Worte, als sie Zafira schließlich erzählte, was im Dorf der Großeltern geschehen war. „Ich vermute, dass

Oma und Opa sich in den Bergen vor den Räubern versteckt haben", schloss sie.

„Vielleicht oben bei den Sommerweiden?", überlegte Zafira. „Dort hab ich in den Ferien mit den Dorfkindern gespielt. Da gibt es tolle, tiefe Höhlen."

„Ich hoffe es", sagte ihre Mutter leise.

„Und was machen wir jetzt?", fragte Zafira.

„Wir sollten versuchen nach Hamburg zu kommen. Zu Tante Selina, Papas Schwester."

„Hamburg – ist das weit?", erkundigte sich Zafira, der die Fahrt von Aleppo nach Adana noch in den Knochen steckte. „So weit wie nach Amerika?" Amerika war das Weiteste, was sich Zafira vorstellen konnte.

Zafiras Mama bat Rami um eine Landkarte. „Zuerst müssen wir nach Europa. Dann nach Deutschland. Hamburg ist eine große Stadt in Deutschland", sagte Nesrin und fuhr mit dem Finger über die Karte. Sie zeigte ihr Istanbul, wo die Kontinente Asien und Europa sich berühren, das Mittelmeer, den stiefelförmigen Umriss von Italien und schließlich weiter oben im Norden Deutschland und die Stadt Hamburg, in der Papas Schwester mit ihrer Familie seit vielen Jahren lebte.

Zafira erinnerte sich. „Geht zu Selina nach Deutschland, falls mir etwas passiert!", hatte Papa öfter gesagt. Papas Schwester war mit ihrem Mann schon vor zehn Jahren nach Hamburg ausgewandert. Sie hatten am Hafen ein kleines syrisches Restaurant eröffnet. Selina hatte in ihren Briefen mehrfach gefragt, ob ihr Bruder Sinan mit seiner Familie nicht nachkommen wolle. Auch in der letzten Mail, die Aleppo noch erreichte, hatte sie geschrieben:

Lieber Sinan, liebe Nesrin, liebe Zafira,
kommt zu uns nach Hamburg. Hier herrscht Friede.
Hier gibt es keine Bomben!!

Das war aber leichter gesagt als getan. Vor allem, wenn man kein Geld hatte, um einen teuren Flug zu bezahlen, keinen Job und keine Einreiseerlaubnis. Nesrin war verzweifelt und bemühte sich, ihre Sorgen vor ihrer Tochter zu verbergen.

Als die Kinder im Bett waren, besprach Nesrin ihr Problem mit Rami und seinen Schwiegereltern.

„Vielleicht kann ja Haluk helfen?", überlegte Rami.

Weißrussland

Russland

Ukraine

1 Luxemburg
2 Slowenien
3 Kroatien
4 Bosnien-
  Herzegowina
5 Montenegro
6 Albanien
7 Mazedonien
8 Moldawien
9 Libanon
10 Westjordanland
11 Israel

8

umänien

Schwarzes Meer

ulgarien

Georgien

Istanbul

Armenien

Türkei

Mersin ● --- ● Adana

● Aleppo

Kreta

Zypern

Syrien
● Homs

9

● Damaskus

Irak

11 10 Jordanien

„Ich weiß nicht", sagte seine Schwiegermutter. „Haluk, der Fischer? Der kennt zwar nützliche Leute. Aber irgendwie mag ich ihn nicht."

„Hauptsache, er kann uns helfen", brummte Rami, der in seinem Leben schon viele Leute getroffen hatte, die sicher nicht den Beifall seiner Schwiegermutter gefunden hätten. Sie waren nun schon drei Tage in Adana und er wollte die Gastfreundschaft seiner Schwiegereltern nicht allzu lange strapazieren.

Außerdem drängte es ihn zurück nach Aleppo, um nach seiner Frau zu suchen. Und nach seinem Freund Sinan, Zafiras Papa. Er gab die Hoffnung nicht auf, dass die beiden noch am Leben waren. Obwohl man jeden Abend im Fernsehen und im Internet die schrecklichsten Dinge vom Krieg in Syrien und den IS-Rebellen erfuhr.

Am nächsten Morgen plante Rami einen Ausflug ins nahe gelegene Mersin, um im Fischereihafen nach dem Fischer Haluk zu suchen, den er seit Kindertagen kannte.

„Ich zeige euch inzwischen ein bisschen unsere schöne Stadt!", schlug Lucys Opa seinen Gästen vor. „Wisst ihr, dass unser Adana schon uralt ist?"

„So alt wie du?", fragte Lucy.

„Viel älter", antwortete ihr Großvater und schmunzelte. „Über 3500 Jahre alt."

Dann zeigte er ihnen stolz seine Stadt. Er deutete auf die moderne Moschee, die sich mit ihren sechs zierlichen Türmen im Wasser des Seyhan-Flusses spiegelte. „Unsere Moschee ist die größte in der Türkei und die Brücke davor ist die älteste Steinbrücke der Welt! Sie sieht noch so aus wie damals, als der berühmte römische Kaiser Hadrian sie erbauen ließ. Die Brücke war Teil der Seidenstraße, über die vor langer Zeit die Kamelkarawanen Gewürze, Gold und Stoffe nach Damaskus, Indien und China brachten. Die Seidenstraße war damals der wichtigste Handelsweg der Welt."

Spannende Geschichten wusste Azmi zu berichten. Auch von Seeräubern, die an der Küste früher den Schiffen auflauerten.

Und dann tauchten sie ein in das bunte Leben im Basar, um Sumak, Curry, Zimt und andere Gewürze für Lucys Oma zu besorgen. Außerdem deckten sie sich mit frischen Früchten und auch sonst noch ein paar Kleinigkeiten ein. An einem Kiosk kaufte Nesrin für alle Kebabs und Sesamkringel. Lucys Opa holte Getränke und dann machten sie gemeinsam ein Picknick im Park.

„Das war ein toller Tag", schwärmte Zafira, als sie sich am Nachmittag wieder auf den Heimweg machten.

„Ja, das war er", bestätigte Nesrin. „Ein friedlicher Tag." Und sie dachte voller Sorge daran, was die nächsten Tage an Überraschungen für sie bereithalten mochten.

9. Kapitel
Im Fischereihafen von Mersin

Während die anderen durch Adana spazierten, fuhr Rami am späten Vormittag zum Fischereihafen von Mersin. Fischer saßen am Kai und reinigten ihre Netze. Hinter ihnen schaukelten die Boote im Wasser, das spiegelblank und silbern in der Morgensonne glitzerte. Man sah dem Meer nicht an, dass es auch stürmisch und gefährlich sein konnte und dass es im Laufe der Geschichte durch Unwetter und Piratenüberfälle das Leben vieler Menschen gefordert hatte.

„Kennt einer von euch Haluk, den Fischer?", fragte Rami einen graubärtigen Mann, der gerade einen Stapel leere Heringskörbe zurück auf seinen Kutter schleppte.

„Haluk? Den kennt hier jeder", brummte der alte Fischer. Er setzte die Körbe ab, lehnte sich an die Kaimauer und zündete seine Pfeife an. „Aber wo er sich gerade herumtreibt, kann ich dir nicht sagen."

„Frag mal im Restaurant *Tantuni* beim Jachthafen nach. Da arbeitet seine Freundin!", rief ein jüngerer Kollege, der mit einer Ladung Fischkisten auf einem Rollwagen vorbeikam.

Der Tipp des jungen Fischers war goldrichtig. Rami traute seinen Augen nicht, als er Haluk im Restaurant entdeckte. Der ehemalige Fischer stolzierte in weißen Jeans und Blazerjacke auf ihn zu und rief erfreut: „*Merhaba*, Rami!" Dann lud er Rami zu einem Drink ein.

„Gut siehst du aus. Gehört das Lokal dir?", fragte Rami beeindruckt.

„Noch nicht", grinste Haluk. „Aber ich bin auf gutem Weg dahin."

Er spendierte noch einen *Kahve* – stark und süß, wie Rami ihn liebte. Danach gingen die beiden nach draußen.

„Du bist doch nicht ohne Grund hier?", erkundigte sich Haluk und zwinkerte vergnügt mit dem linken Auge.

„Erraten", gestand Rami und erzählte von seinen Sorgen. „ Ich habe gehört, dass du genau der Richtige für die Lösung unseres Problems sein könntest?"

„Gut möglich, dass ich helfen kann", brummte Haluk und sah sich um, ob sie auch niemand belauschte. „Kann ich auf deine Verschwiegenheit zählen?"

Rami versicherte, dass das kein Problem sei. Vielleicht aber der Preis?

„Eine Passage ohne Papiere nach Europa birgt viele Risiken und ist teuer. Aber es ist machbar. Ich hab schon Hunderten geholfen!"

„Wie teuer?", fragte Rami bang.

„Normal 5000 Euro, aber ich mach dir einen Freundschaftspreis. Sagen wir die Hälfte?"

Auch das war noch unfassbar viel Geld und Rami hatte keine Ahnung, ob und wie Nesrin das Geld beschaffen konnte.

„Dafür krieg ich ja einen First-Class-Luxusflug", entgegnete Rami.

Haluk grinste spöttisch: „Dann buch doch mal einen First-Class-Luxusflug nach Italien oder Deutschland als Illegaler, ohne Papiere!"

Rami wusste, dass Haluk recht hatte. „Und wie stellst du das an?", forschte er nach.

„Das ist mein Geheimnis. Aber ich gebe Erfolgsgarantie. Ansonsten Geld zurück!", grinste Haluk.

„Was müssen wir tun?"

„Es passiert nachts. Ihr kommt zum Hafen, wenn die Stunde günstig ist. Ich rufe an. Gib mir deine Handynummer. Es muss laufen, wenn ich ein geeignetes Schiff gefunden habe und wenn einer meiner Freunde Hafenwache hat."

Sie besiegelten das Geschäft mit Handschlag. Wie damals vor 30 Jahren, als sie während ihrer Schulzeit in Aleppo in einer Fußballmannschaft gespielt hatten. Rami verließ seinen alten Sportsfreund mit gemischten Gefühlen.

Nesrin wurde blass, als Rami am Abend erzählte, was er herausgefunden hatte und welche Summe sie für die Fahrt nach Europa bezahlen sollte.

„Ich habe das Geld nicht", sagte sie.

„Wie viel hast du denn?", erkundigte sich Rami.

„Etwa 1500 Euro. Außerdem könnte ich die Halskette mit dem Saphir verkaufen, die ich zu Zafiras Geburt bekommen habe. Und meinen Ring – das Hochzeitsgeschenk von Sinan. Ich kann auch versuchen, Geld von der Bank zu bekommen. Aber unser Konto ist fast leer."

Rami gelang es, bei einem Goldhändler im Basar einen guten Preis für Ring und Kette auszuhandeln, und etwas Geld bekam Nesrin von der Bank. Es fehlten noch etwa 200 Euro. Da legten Rami und seine Schwiegereltern zusammen und halfen.

„Ich zahl es euch zurück", versprach Nesrin. „Oder Sinan, wenn du ihn findest …" Sie kämpfte mit den Tränen.

Als drei Tage später mitten in der Nacht Ramis Telefon klingelte, sprang er wie elektrisiert auf.

„Es ist so weit!", flüsterte er, als er Nesrin und Zafira weckte.

Schnell suchten die beiden ihre Habseligkeiten zusammen und schlichen aus dem Haus. Ramis Schwiegereltern, die einen leichten Schlaf hatten, standen am Schlafzimmerfenster und sahen ihnen besorgt nach. Sie winkten noch, als Ramis Taxi bereits in der Dunkelheit verschwunden war.

Zafira war noch ziemlich verschlafen, als sie in Mersin ankamen. Sie begriff nicht so ganz, was das alles bedeutete. Nur so viel, dass die Reise jetzt auf einem Schiff weitergehen sollte – einem Schiff, das ein Bekannter von Rami organisiert hatte.

Schweigsam fuhren sie durch das Hafengelände, bis sie zu einer etwas abgelegenen, düsteren Stelle kamen, die Haluk genau beschrieben hatte.

Rami parkte sein Taxi und sah sich unsicher um. Endlich entdeckte er Haluk, der in einem dunklen Kapuzenshirt hinter einem Stapel Blechtonnen hervorkam.

„Folgt mir", sagte er leise und führte die drei zu einem kleinen, rostigen Fischkutter, der am Kai festgemacht hatte.

„Aber doch nicht damit!", rief Rami entsetzt, als Haluk Nesrin und Zafira anwies, schnell in das nicht gerade vertrauenerweckende Boot zu klettern.

„Keine Sorge", lachte Haluk. „Das ist nur der Zubringer. Dieser kleine Kutter bringt euch zu einem großen Schiff. Seht mal dort!" Er zeigte auf ein voll besetztes Fischerboot, das einige Meter entfernt ebenfalls ablegte. „Die fahren auch dahin!"

Jetzt kam ein kräftiger junger Mann heran. Haluk begrüßte ihn und sagte zu Nesrin: „Das ist

Erkan, ein erfahrener Matrose. Er passt auf euch auf! Er macht die Reise nicht zum ersten Mal."

Als Nesrin und Zafira im Boot saßen, reichte ihnen Rami Zafiras Rucksack und die beiden Reisetaschen. Eine hatte Ramis Schwiegermutter mit Proviant und warmen Pullovern gefüllt, weil sie wusste, dass die Nächte im Norden kalt waren. Erkan warf seinen Seesack ins Boot und folgte ihnen.

Wenig später drängten sich noch zehn weitere Leute in das kleine Schiff.

„Wie die Heringe", seufzte Rami, der besorgt zusah, wie der voll beladene Fischkutter mit den schattenhaften Gestalten auf das dunkle Meer hinaustuckerte. Er blieb noch eine Weile stehen und beobachtete, wie in einiger Entfernung weitere vollgepferchte und unbeleuchtete Boote in die gleiche Richtung davonfuhren. „Muss ein ziemlich großes Schiff sein, das da draußen auf sie wartet", dachte Rami noch und fuhr dann zurück nach Adana. Aber richtig schlafen konnte er in dieser Nacht nicht mehr.

10. Kapitel
Das Geisterschiff

„Mami!", sagte Zafira ängstlich. Sie drückte ihren Kopf fest in das weiche Schaltuch der Mutter, als der Fischkutter auf das offene Meer hinausfuhr. Jetzt konnte man kein Land mehr sehen. Nur ab und zu das Aufblitzen eines Leuchtfeuers. Zafira presste Pascha ganz fest an sich, damit er nicht ins Wasser fiel. Denn schließlich kann ein Stoffnilpferd nicht schwimmen. Nicht einmal im Nil.

Zum Glück hatten Nesrin und Zafira Platz auf einer der schmalen Bänke gefunden. Die meisten hockten auf dem Boden oder standen und hielten sich an der niedrigen Reling fest.

„Gleich sind wir da!", brummte der bärtige Bootsführer, der während der ganzen Fahrt die Pfeife nicht aus dem Mund nahm.

Er sah ein bisschen wie Käpt'n Haddock aus den Tim-und-Struppi-Comics aus, die Papa einmal mitgebracht hatte, fand Zafira.

Es dauerte noch gut 20 Minuten, ehe sie in der Ferne die dunklen Umrisse eines großen Frachters entdeckten.

„Unser Schiff?", fragte Nesrin erschrocken, als sie den rostigen Schiffsrumpf aus der Nähe sah.

„Alt, aber stabil wie ein Suppenkessel", versicherte Erkan, der Matrose, und lachte. „Sonst würde ich ja nicht mitfahren. Und der Käpt'n des großen Kahns ist o. k. Er ist Syrer, wie ihr."

Das beruhigte Nesrin ein wenig. „Es wird alles gut!", sagte sie zu ihrer Tochter, als das Boot neben dem dunklen Schiffskörper beidrehte. Das Meer war ruhig. So war es nicht allzu schwer für Erkan, das Boot an der Ankerkette und den Tauenden festzumachen, die zwei dunkle Gestalten jetzt vom Schiffsdeck herunterließen.

Zafira versuchte, den Namen des Schiffes zu entziffern. *HOPE* stand da in frisch gemalten weißen Buchstaben.

„Es heißt wie meine Puppe", flüsterte Zafira traurig und dachte an alles, was sie in Aleppo zurückgelassen hatte.

Nesrin seufzte. Ja, *Hope* – Hoffnung. Ohne Hoffnung ging das Leben nicht weiter! Sie sandte ein Gebet zum Himmel und wartete dann darauf, was als Nächstes geschehen würde. Wie um alles in der Welt sollten sie alle an Bord dieser „Arche Noah" kommen?

Mit einem dumpfen Geräusch polterte jetzt von oben eine Strickleiter mit Trittbrettern aus Holz gegen die dunkle Schiffswand.

„Da hinauf!", befahl Erkan und deutete auf die Leiter.

„Nie im Leben!", rief eine Frau, die Höhenangst hatte.

„Mama, soll ich zuerst?", fragte Zafira. Plötzlich war sie mutig. Sie war geschickt im Klettern. Geschickter als ihre Mama, denn sie war in letzter Zeit viel mit den Nachbarjungen in Bäumen und Ruinen herumgeturnt.

„Ja, los! Ich bin hinter dir!", antwortete Nesrin und bemühte sich, dass man ihrer Stimme die Angst nicht anmerkte. Da stieg Zafira auch schon auf die erste Trittsprosse, hielt sich am Seil fest und kletterte hinauf. Nesrin folgte ihrer Tochter buchstäblich auf den Fersen.

Das Gepäck wurde neben ihnen an einer Seilwinde hochgezogen. Es war eine gespenstische Szene. Angst lag in der Luft.

„Ohne dich hätte ich das nicht geschafft!", seufzte Nesrin erleichtert, als sie schließlich an Bord waren. Sie schloss ihre Tochter fest in die Arme. Dabei fiel ihr Blick auf das Deck des Schiffes. Ein paar seltsame Gestalten mit Taschenlampen waren schattenhaft zu erkennen. Die wiesen sie mürrisch an, ins Innere des Schiffes zu gehen. Da hatte Nesrin das ungute Gefühl, dass das wirklich gefährliche Abenteuer noch vor ihnen lag.

„Keine Sorge. Augen zu und durch! Es ist nur für ein paar Stunden!", schwindelte Erkan, der die entsetzten Blicke seiner Schützlinge bemerkte. Er übergab Nesrin die beiden Reisetaschen. Ihren kleinen Rucksack hatte Zafira aufbehalten. Sicherheitshalber. Schließlich war Pascha da drin. Und sie hatte ja beide Hände zum Klettern gebraucht.

„Frauen und Kinder unter Deck!", rief eine energische Stimme erst in arabischer, dann in türkischer Sprache durch ein schepperndes Megafon. „Da gibt es Verpflegung."

Ob das der Kapitän war? Unter Deck? Das bedeutete, dass sie in den Laderaum gehen sollten, in dem sonst Kühe und Ziegen transportiert wurden.

An der Einstiegsluke zum Laderaum bekamen sie eine Decke, eine Flasche Wasser und ein Fladenbrot.

„Vollpension", spottete einer der Mitreisenden mit Galgenhumor.

Zafira und ihre Mutter nahmen die Bordverpflegung und gingen die steile Treppe in den Laderaum hinunter. Man roch, dass hier sonst

Kühe und Ziegen untergebracht wurden. Aber immerhin gab es frisch aufgeschüttetes Stroh.

Ein Matrose leuchtete mit seiner Taschenlampe in eine Ecke und wies ihnen auf Türkisch einen Liegeplatz zu. Daneben richtete gerade eine Mutter das Lager für ihre beiden Kinder her.

Auf der anderen Seite saß eine junge Frau. Sie war schwanger. In ihren Armen lag ein etwa dreijähriger Junge, dem vor Müdigkeit schon die Augen zufielen. Endlich schlief er ein. Seine Mutter weinte leise vor sich hin. Tränen liefen über ihre blassen Wangen.

Als Nesrin sie flüsternd ansprach, erzählte die junge Frau, dass sie ebenfalls aus Syrien kam. „Ich muss zu meinem Mann. Er ist schon seit einigen Monaten in Italien", sagte sie mit leiser Stimme. „Das Schiff hier war die letzte Chance, dorthin zu kommen, ehe das Baby da ist."

Es dauerte noch eine Stunde – eine gefühlte Ewigkeit –, bis alle an Bord waren und das Frachtschiff endlich den Anker lichtete. Ein unangenehm lautes, klopfendes Geräusch verriet Nesrin, dass sie direkt über dem Motorraum lagen.

„Gleich schlafen wir, mein Schatz", sagte sie und legte den Arm um Zafira. „Dann hören wir es nicht mehr."

Sie aßen noch ein Stück Fladenbrot, tranken einen Schluck Wasser und wickelten sich gemeinsam in die Decke.

In der Nacht kam Wind auf. Das Schiff schaukelte auf den Wellen. Auch das Wasser und das Fladenbrot in Zafiras Bauch schienen plötzlich zu schaukeln.

„Mama, mir ist schlecht!", flüsterte Zafira.

„Komm, wir gehen an die frische Luft!", murmelte Nesrin entschlossen. Die beiden kletterten

über eine steile Treppe aus dem Laderaum an Deck.

Zafira musste sich übergeben, wie viele andere auch. Dicht gedrängt hingen schattenhafte Gestalten über der Reling. Nach einer Weile ging es Zafira etwas besser. Sie spähten in die dunkle Nacht hinaus. Das Schiff fuhr ohne Licht. Wie ein Geisterschiff. Als der schmale Halbmond hinter Wolken verschwand, sah man fast gar nichts mehr.

„Wo sind wir jetzt?", fragte Nesrin, als Erkan vorbeikam.

„Irgendwo zwischen Zypern und Kreta", war die ungenaue Antwort.

„Mama, wie findet das Schiff in der Dunkelheit seinen Weg?", fragte Zafira.

„Der Kapitän hat einen Kompass", antwortete ihre Mutter.

„Echte Seeleute richten sich nach den Sternen", versicherte ein alter Mann, der neben ihnen stand.

„Heute hat man GPS", erklärte ein junger Mann.

11. Kapitel
Der Kapitän

Der Kapitän der *Hope* stammte aus Damaskus. Eine Schleuserbande, die Flüchtlinge gegen Bezahlung unerlaubt nach Europa brachte, hatte ihn extra für diese Fahrt angeheuert. In Istanbul hatten sie vor einer Woche den Vertrag geschlossen. Er hatte sich einen Tag Bedenkzeit erbeten, war dann aber zu der Entscheidung gelangt, dass er das Angebot nicht ablehnen konnte.

Man bot ihm nämlich die Möglichkeit, seine ganze Familie mit an Bord zu nehmen, der es gelungen war, aus der zerbombten syrischen Hauptstadt Damaskus bis ins türkische Mersin zu fliehen.

Auch für den Kapitän und seine Familie sollte die Reise auf der *Hope* der Weg in die Freiheit, in die Sicherheit sein. In ein Leben ohne Bomben. Obendrein bekam er 15 000 Euro als Startkapital. Ein Vermögen! So hatte er schließlich zugesagt.

Jetzt stand er auf der Brücke und starrte in die Finsternis. Er war besorgt, denn das geplante Ende seiner Reise gefiel ihm überhaupt nicht: Wie er erst kurz vor dem Ablegen erfahren hatte, sollte er den schrottreifen Frachter in der Nähe der italienischen Küste auf Grund setzen und die Küstenwache zur Rettung der Schiffbrüchigen herbeiholen. Doch gerade hatte er mit Entsetzen festgestellt, dass nicht genug Schwimmwesten und Rettungsboote für alle an Bord waren …

Die Katastrophenmeldung vom gestrandeten Flüchtlingsschiff *Hope*, dessen Passagiere nicht alle gerettet werden konnten, ging zwei Tage später um die ganze Welt.

12. Kapitel
Die neuen Neuen

Seit einem Dreivierteljahr ist Zafira nun in Annas Klasse. Sie spricht schon recht gut Deutsch. Und sie ist auch nicht mehr „die Neue", denn vor einigen Tagen sind Samir und Alima in ihre Klasse gekommen. Die beiden sind mit ihren Eltern aus Homs in Syrien geflohen, weil der Krieg immer schlimmer wurde.

Samir sitzt jetzt neben Sascha und Alima neben Mara. Das geht ohne Probleme, denn durch Zafira haben alle in der Klasse erfahren, wie schwierig es ist, sich in einer neuen Welt zurechtzufinden. Alle sind ein bisschen toleranter geworden.

„Wir sind jetzt eine internationale Klasse. Einfach klasse!", sagt Frau Bartos stolz.

Wenn es etwas Wichtiges zu erklären gibt, darf Zafira für Samir und Alima übersetzen.

„Es ist einfach toll, was Zafira in neun Monaten gelernt hat!", staunt Frau Bartos. „Ich könnte nie so schnell Arabisch lernen."

„Das schafft nicht mal Mara", grinst Sascha. „Wollen wir wetten?"

„Ich kann schon auf Arabisch bis zehn zählen", kontert Mara. „Das hat mir Zafira beigebracht."

„Und ich kann auf Arabisch ‚Guten Tag‘, und ‚Bitte‘ und ‚Danke‘ sagen“, sagt Anna.

Alima freut sich, als Zafira sie mit ihrer Familie zum Tee in die kleine Altbauwohnung einlädt, in der sie inzwischen mit ihrer Mama lebt.

„Deine Tochter ist ein Goldschatz!“, sagt Alimas Mutter zu Nesrin. „Sie hilft unserer Alima und auch Samir, wo sie kann. Sie ist eine gute Dolmetscherin, wenn die beiden etwas nicht verstehen oder wenn es Probleme in der Schule gibt.“

„Das freut mich! Zafira hat unglaublich schnell Deutsch gelernt“, sagt Nesrin. „Viel schneller als ich. Da bin ich froh.“

Aber an diesem Nachmittag wird nicht Deutsch gesprochen. Da gibt es viel zu viel zu erzählen – natürlich in der arabischen Muttersprache!

Papa Abdul berichtet, wie der Familie mithilfe von türkischen Freunden die lebensgefährliche Flucht übers Meer bis nach Griechenland gelang. „Dann ging es wochenlang zu Fuß weiter durch Mazedonien.“

„Zu Fuß?“, staunt Zafira.

Abdul nickt. „Es war eine abenteuerliche Wanderung.“

„Wie habt ihr den Weg gefunden?", fragt Nesrin verwundert.

Abdul zieht stolz sein Handy heraus. „Mit GPS. Ich habe eine App, die funktioniert ohne Internetanschluss – über Satellit."

Er zeigt Nesrin auch Fotos von der Flucht. Darunter eine Aufnahme von der neugeborenen Mimi.

„Sie kam auf der Flucht in einer Klinik in Skopje auf die Welt", sagt Mama Selma und deutet auf das etwa sechs Monate alte Mädchen im Kinderwagen.

Abdul erzählt weiter: „In der Nähe von Skopje sind wir auch eine Weile geblieben. Die Menschen in Mazedonien waren sehr gastfreundlich und hilfsbereit, obwohl viele selber arm sind. Ein Bauer hat uns später auf seinem Pferdefuhrwerk ein Stück mitgenommen. Dann sind wir wieder zu Fuß gelaufen."

Schließlich brachte sie jemand bis an die ungarische Grenze. „Dort halfen uns Leute, denen wir Geld dafür gaben", erklärt Selma. „Gemeinsam mit anderen Flüchtlingen schafften wir es, im Laderaum eines Möbelwagens bis Wien zu kommen. Dann hatten wir das Schlimmste geschafft. Von Wien nach Deutschland reisten wir mit einem Touristenbus, den einer aus der Gruppe organisiert hatte, der Erfahrung hatte mit solchen Sachen."

„Ein Fluchthelfer?", erkundigt sich Nesrin.

Alimas Mama nickt. „Wir gaben ihm Geld und Abduls Uhr, weil wir sonst nichts mehr hatten."

Die Kinder hören gespannt zu, wie immer, wenn von der alten Heimat oder von der abenteuerlichen Flucht die Rede ist. Nesrin schenkt

Pfefferminztee ein. Warm und schön süß. So wie sie ihn alle zu Hause in Syrien immer getrunken haben.

„Als wir nach Deutschland kamen, war es kalt. Wir haben schrecklich gefroren", bemerkt Samir.

„Im Aufnahmelager bekamen wir warme Kleidung. Da leben wir nun schon seit drei Monaten.

Aber du weißt ja, wie es da ist. Es ist kein Zuhause", sagt Selma zu Nesrin.

Auch die Kinder unterhalten sich über ihr neues Leben.

„Vieles ist anders!", überlegt Alima. „Und manches besser. Hier dürfen Mädchen alles, was Jungen dürfen."

„Klar, dass du das besser findest", grinst Samir.

„Warum darf ich nicht mit zum Turnen und Schwimmen wie die anderen in der Klasse?", bricht es aus Alima heraus, die seit zwei Wochen eine deutsche Schule besucht.

„Das hab ich dir oft genug erklärt", weist sie ihr Vater mit strengem Blick zurecht.

Jetzt mischt sich Nesrin ein. „Wenn Zafira nicht schwimmen könnte, würde sie nicht mehr leben", sagt sie ernst. „Dann hätte sie nicht an Land schwimmen können, als unser überfülltes Rettungsboot vor der italienischen Küste sank."

„Und wenn ich nicht wie ein Junge in Ruinen und Bäumen herumgeklettert wäre, dann wäre ich nicht an der Bordwand des Schiffes hochgekommen, sondern vor Angst ins Wasser gefallen", ergänzt Zafira.

„Ich finde es gut, dass hier Jungen und Mädchen die gleichen Rechte haben und in der Schule die gleichen Sachen machen dürfen", sagt Alima und weiß auch nicht, woher sie den Mut nimmt. So etwas hat sie noch nie zu ihrem Vater gesagt!

Vater Abdul will seine Tochter zurechtweisen. Aber dann besänftigt ihn seine Frau und sagt: „Wir leben in einem fremden Land, das uns gastfreundlich aufgenommen hat. Wir haben zu essen. Wir leben in Frieden. Die Flugzeuge werfen keine Bomben auf unser Haus. In den Straßen wird nicht geschossen. Wir sind in Sicherheit. Alima hat recht. Wenn sich unsere Kinder auf Dauer hier wohlfühlen sollen, müssen wir einige unserer Gewohnheiten verändern. Und wir müssen die Sprache unserer neuen Heimat lernen, damit wir uns besser verständigen können."

Alimas Vater antwortet nicht.

Aber als Alima zwei Wochen später zum Geburtstag Sportschuhe und einen Schwimmanzug bekommt, ist sie glücklich. Sie hofft, dass alles gut wird. Vieles jedenfalls.

13. Kapitel
Freunde in der Fremde

Hamburg ist Zafiras neue Heimat. Aber die alte
hat sie nicht vergessen. Genau wie Alima, die
jetzt ihre Freundin ist.

„Wie ist es denn weitergegangen, nachdem du
in Italien an Land geschwommen bist?", will Alima wissen, als sie einmal nach dem Schwimm-
unterricht auf den Treppenstufen in der Sonne
sitzen und darauf warten, dass der Schulbus
kommt.

„Vieles hab ich nicht richtig mitbekommen",
antwortet Zafira. „Aber plötzlich waren da ganz

viele Leute, die uns aus dem Wasser halfen und Decken und trockene Kleider brachten. Normale Leute, aber auch Polizisten. Sie sprachen Italienisch und Englisch. Ein riesiges Durcheinander. Deshalb hab ich wenig verstanden."

„Ja, das ist schlimm, wenn man die Sprache nicht versteht …", seufzt Alima. „Und wie ist es der Frau mit dem Babybauch und dem kleinen Jungen ergangen?"

„Sie hatte Glück. Ein Italiener lieh ihr sein *Telefonino* und sie konnte ihren Mann anrufen. Der wartete schon aufgeregt in der Nähe und holte sie kurz darauf ab. Als er hörte, dass wir nach Hamburg wollten, hat er uns geraten, uns nicht im italienischen Lager zu melden. Dann müssten wir in Italien bleiben, meinte er."

„Und warum?"

Zafira hebt die Schultern und sagt: „Das ist wohl ein Gesetz. Das Land, in dem man in Europa ankommt, muss einen aufnehmen."

„Und wie seid ihr dann nach Hamburg gekommen?"

„Das war komisch: Plötzlich kam ein Mann auf uns zu und fragte, ob wir Fahrkarten brauchen. Mama hat mit ihm geredet. Sie hat ihm unser letztes Geld gegeben. Dann hat er uns zum Bahnhof gebracht und für uns Fahrkarten für einen Zug nach München gekauft."

„Und München ist in Deutschland?"

„Genau. Mama meint, die Italiener waren froh über jeden, der über die Grenze ging. Denn jeden Tag und jede Nacht kamen neue Flüchtlinge mit Booten übers Meer. Viele von ihnen reisten ohne Genehmigung weiter. Nach Frankreich, Österreich, Schweden."

„So wie wir", nickt Alima.

„Wir fuhren mit dem Zug nach Mailand und weiter nach München. Dort riefen wir Papas Schwester Selina in Hamburg an. Sie ist mit ihrem Mann sofort ins Auto gestiegen und hat uns abgeholt. So kamen wir nach Hamburg. Dort meldeten wir uns im Zentralen Aufnahmelager. Es dauerte eine ganze Weile, bis unsere Geschichte überprüft war und wir eine Aufenthaltsgenehmigung und die nötigen Papiere bekamen. Drei Monate lebten wir in einem Container, dann in einer Wohnung mit anderen zusammen."

„Genau wie wir", bestätigt Alima.

„Jetzt haben wir zum Glück unsere eigene kleine Wohnung in der Nähe von Tante Selina. Sie hat mir ihr altes Fahrrad gegeben, so kann ich sie oft besuchen. Und Anna auch", sagt Zafira.

„Du bist so richtig gut befreundet mit Anna, stimmt's?", fragt Alima, als sie später in Zafiras Zimmer auf dem Boden hocken und *Pachisi* spielen, ein uraltes Brettspiel, das ein bisschen wie *Mensch ärgere dich nicht* geht.

„Sie ist meine deutsche Freundin und du bist meine syrische Freundin", erklärt Zafira.

„Ich hätte auch gern eine deutsche Freundin", bemerkt Alima ein wenig traurig.

„Ich werde Anna fragen, ob sie mit uns beiden befreundet sein will. Bestimmt ist sie einverstanden", sagt Zafira.

Zum Glück hat Anna überhaupt nichts dagegen. Sie mag Alima auch. „Aber ihr müsst immer deutsch reden, wenn ich dabei bin", sagt sie. „Sonst weiß ich ja nicht, worüber ihr lacht!"

14. Kapitel
Gutes Rad ist nicht teuer

Anna und Zafira fahren jetzt morgens gemeinsam mit dem Rad zur Schule. Wenn sie Alima treffen, steigen sie ab und schieben neben ihr her. Klar, dass sich Alima nichts mehr wünscht, als auch ein Rad zu haben.

Aber da gibt es ein paar Probleme: Einmal Alimas Papa, der es nicht gut findet, wenn Mädchen Fahrrad fahren. Deshalb hat Alima es auch nie gelernt. Und zum anderen ist ihre Mama der Meinung, dass sie andere Dinge nötiger brauchen als ein Rad. Jetzt, wo sie auch eine kleine Wohnung gefunden haben. Eine eigene Waschmaschine zum Beispiel. Alimas Mutter muss immer im Keller des Nachbarhauses an einem Münzautomaten waschen. Da ist guter Rat teuer!

Aber Anna denkt praktisch und gibt nicht so leicht auf. „Als Erstes musst du Rad fahren lernen!", sagt sie zu Alima. „Dann kannst du mit deinem Papa verhandeln."

Jeden Nachmittag üben Anna und Zafira mit ihrer Freundin Alima auf dem Parkplatz hinter dem Supermarkt.

„Cool!", freut sich Zafira, als Alima nach ein paar Tagen die erste Runde mit Hindernissen fährt. Alima stellt sich recht geschickt an. Ihre beiden Fahrlehrerinnen sind zufrieden.

„Jetzt brauchen wir ein Rad für Alima", sagt Zafira. „Aber das kostet viel Geld."

„Oder auch nicht", überlegt Anna. Sie hat eine Idee. „Meine Cousine Jenny hat zum Geburtstag ein tolles Rennrad bekommen. Ich werde sie fragen, ob wir ihr altes Rad haben dürfen. Es ist total in Ordnung und hat sogar Gangschaltung."

Gesagt, getan. Jenny weint ihrem alten Rad keine Träne nach. Sie ist froh, dass es jemand brauchen kann. Alima bringt ihr einen Blumenstrauß und bedankt sich herzlich.

Annas Papa besteht darauf, dass beim Fahrradhändler die Bremsen nachgesehen werden, ehe Alima darauf fährt. Annas Mama kauft eine lustige Klingel mit einem kleinen Monster drauf.

Dann gehen die drei Freundinnen zum Üben auf den Parkplatz. Das Rad ist ein wenig kleiner als Zafiras Rad und fährt sich viel leichter. Alima ist glücklich. Aber dann trübt sich ihr Blick. Sie sieht Zafira an und sagt: „Wie bring ich das nur meinem Papa bei?"

Der Zufall will es, dass sich in der kommenden Woche der Verkehrspolizist zur Fahrradprüfung für die vierten Klassen angemeldet hat.

Die 4a ist am Mittwoch dran. Alle bringen ihre Räder mit und üben schon mal auf den kleinen Straßen, die auf dem Schulhof mit Kreide aufgemalt sind. Die Kurven sind mit rot-weiß gestreiften Verkehrshütchen markiert.

Hauptkommissar Meiners erklärt die Verkehrszeichen und die wichtigsten Regeln. Dann geht es an den Start.

An einer Kreuzung stößt Alima mit Sascha zusammen.

„Ich war schneller", sagt Sascha.

„Aber sie kam von rechts und hatte Vorfahrt", erklärt der Polizist.

Da kriegt Sascha einen Minuspunkt.

Zum Schluss wird noch kontrolliert, ob die Bremsen und die Fahrradbeleuchtung in Ordnung sind. Dann bekommen alle ihren Fahrradführerschein.

„Den zeig ich Papa!", sagt Alima stolz. „Und dann erzähle ich ihm die ganze Geschichte."

15. Kapitel
Nachtgedanken und Alltagssorgen

Zafira ist froh, dass sie zwei neue Freundinnen gefunden hat und jetzt mit ihrer Mama in einer ruhigen kleinen Wohnung lebt – und nicht mehr in einem Container oder auf diesem schrecklichen Schiff. Dass sie nachts schlafen kann, ohne von Bomben geweckt zu werden. Dass sie durch die Straßen gehen kann, ohne über Trümmer zu steigen, und dass die Fenster in den Häusern heil sind. Dass man in den Läden einkaufen kann, ohne Angst zu haben, und dass keine Männer mit Gewehren durch die Straßen laufen.

Aber manchmal kann sie nicht einschlafen. Dann kommen die Nachtgedanken. Sie schleichen wie Gespenster um ihr Bett. Es dringen Bilder von früher in ihre Träume: von zerstörten Straßen, von Freunden, die es nicht mehr gibt, und vor allem der Gedanke an Papa, den sie so sehr vermisst.

Zafira geht in die Küche, um gemeinsam mit ihrem Stoffnilpferd Pascha ein Glas Milch zu trinken. Da trifft sie auf Mama. Nesrin sitzt am Küchentisch. Vor ihr liegt ein Zeitungsbericht. Sie weint. Als sie ihre Tochter entdeckt, wischt

Nesrin schnell die Tränen mit dem Schlafanzugärmel weg.

„Wie gut, dass wir hier sind!", sagt sie und nimmt Zafira in den Arm. „Es ist die Hölle los in Aleppo. Die Armee wirft Bomben ab, um die Rebellen zu bekämpfen, und trifft dabei unschuldige Menschen. Es sieht so aus, als sei unsere ganze Stadt ein Trümmerfeld." Sie zeigt auf das Bild in der Zeitung. „Und in Alimas Heimatstadt, dem schönen alten Homs, sieht es genauso schlimm aus. Bei einem Anschlag wurden in dieser Woche viele Einwohner getötet."

Sie nimmt Zafira auf den Schoß. Das Heimweh steigt in ihr hoch. Sie kann es nicht verbergen. So froh sie ist, in Deutschland zu sein – die Sorgen um ihren Mann und ihre Freunde in der vom Krieg gebeutelten alten Heimat lassen sie nicht los.

„Und was ist mit Papa?", fragt Zafira leise.

„Er ist nicht in Aleppo. Deshalb hoffe ich, dass er von den Bomben verschont geblieben ist", seufzt Nesrin. „Ich bete jeden Tag für ihn!"

Aber die Nachricht, die Nesrin am nächsten Morgen erreicht, ist so schlimm, dass sie verzweifelt zu ihrer Schwägerin läuft.

„Rami hat eben angerufen!", berichtet sie unter Tränen. „Seine Frau ist in einem Lager der IS-Rebellen umgekommen! Er selbst wurde beim Versuch, mit einigen Freunden die Gefangenen zu befreien, schwer verletzt."

„Und mein Bruder? Was weiß Rami von Sinan? War der auch in dem Gefangenenlager der Rebellen?", erkundigt sich Selina bang.

„Rami hofft, dass es Sinan gelungen ist zu fliehen. Aber vielleicht hat er das auch nur gesagt, um mich zu trösten."

„Und wo ist Rami jetzt?", fragt Selina.

„Er liegt im Krankenhaus von Adana. Seine Schwiegereltern kümmern sich um ihn. Sie wollen auch die kleine Lucy bei sich behalten. Sie lieben sie sehr. Aber die Mutter können sie nicht ersetzen." Nesrin sieht ihre Schwägerin fragend an. „Was meinst du: Soll ich es Zafira sagen, wenn sie aus der Schule kommt?"

„Ich koch uns erst mal einen Tee", sagt Selina. „Dann überlegen wir, was zu tun ist …"

Nesrin und Selina beschließen, Zafira nicht weiter mit den schrecklichen Ereignissen in der alten Heimat zu belasten.

„Das Kind hat genug damit zu tun, sich in der *neuen* Heimat zurechtzufinden", sagt Selina entschlossen. „Gönnen wir ihr ein bisschen Fröhlichkeit."

Jedes Mal, wenn Zafira vergnügt aus der Schule kommt und erzählt, was wieder Aufregendes passiert ist, weiß Nesrin, dass ihre Entscheidung richtig war. Und wenn sie nachts aufwacht und sorgenvoll an ihren Mann denkt, schleicht sie so leise in die Küche, dass ihre Tochter nicht aufwacht.

Zafira ist wieder ein fröhliches Kind, trotz allem. Sie hat Freunde, Spaß am Lernen und auch am Sport. Sie lacht gern. Eine Freude, mit der sie auch Alima ansteckt.

Und als dann die Nachricht von Zafiras Großeltern kommt, dass sie sich nach einer abenteuerlichen Flucht zu Verwandten auf der türkischen Seite der Berge retten konnten, ist Zafira mehr als glücklich.

Alimas Vater allerdings fällt es immer noch schwer, sich an die anderen Regeln und Gebräuche zu gewöhnen. Und dass seine Frau jetzt jeden Tag zum Deutschunterricht geht, sieht er mit gemischten Gefühlen. Als er jedoch eines Tages wegen der Verlängerung der Aufenthaltsgenehmigung zur Behörde muss und sie ihm mit ihren Sprachkenntnissen weiterhilft, ist er stolz auf sie, auch wenn er es nicht zeigt.

16. Kapitel
Der Mann mit dem weißen Bart

Zwei Jahre leben Zafira und ihre Mutter nun schon in Hamburg. Die Stadt ist mittlerweile fast wie eine zweite Heimat für Zafira. Sie mag die Spaziergänge und Radtouren an der Alster und der Elbe, die sauberen Wege, die gepflegten Häuser, den großen Zoo. An besonderen Tagen fahren sie mit dem Alsterdampfer oder mit der Elbfähre. Zafira liebt Wasser.

Tante Selina macht mit ihnen Ausflüge an die Ostsee. Das Meer, das so ganz anders ist als das Mittelmeer. Aber auch dieses Meer kann gefährlich sein. Tante Selina erzählt, dass dort früher Kriegsschiffe und Piraten herumgesegelt sind. Der Störtebeker zum Beispiel. Spannende Geschichten! Solche Geschichten liest Zafira auch gern in Büchern, die sie inzwischen stapelweise aus der Bücherei holt und verschlingt.

Die Schule macht ihr Spaß. Später will sie einmal Lehrerin werden, wie ihre Mama.

Bei allem Glück vermisst Zafira ihren Papa sehr. Auch wenn sie es nicht dauernd zeigt. Über ihrem Bett hängt ein Foto von einem strahlenden jungen Mann am Mittelmeerstrand, der sie und

Mama im Arm hält. Tante Selina hat das Urlaubs-bild beim Fotografen vergrößern lassen, gerahmt und Nesrin zum Geburtstag geschenkt.

„Wie alt war ich damals?", fragt Zafira eines Abends vor dem Schlafengehen.

„Drei oder vier Jahre, glaube ich", sagt Mama.

„Ich hab mich ganz schön verändert", sagt Zafira und lacht.

„Wir haben uns alle verändert", meint ihre Mama. „So ist das im Leben."

„Stimmt! Ich kann mir gar nicht vorstellen, dass du mal ein glatzköpfiges Baby warst", sagt Zafira und zieht ihre Mutter vergnügt an den dichten, langen Haaren.

Dann liest Zafira ihrer Mama eine Gute-Nacht-Geschichte vor. Auf Deutsch, damit Mama im Kurs weiter Fortschritte macht und alles besser versteht.

Am nächsten Tag, als Zafira am Nachmittag mit dem Fahrrad zu Anna fahren will, hält ein Taxi vor dem Haus. Ein Mann mit weißem Bart und schmalem, blassem Gesicht steigt aus. Er fragt nach dem Haus Nummer 46.

„Dort!", sagt Zafira verwundert und zeigt dem Mann in den schäbigen Klamotten den Weg zu ihrem Haus. Zu wem der seltsame Fremde wohl will? Und warum hat er sie so komisch angeschaut? Zafira glaubt, dass sie ihn schon einmal irgendwo gesehen hat.

Dann radelt sie zu Anna. Sie machen gemeinsam Hausaufgaben. Gerade als sie fertig sind, klingelt das Telefon.

„Zafira, du sollst schnell nach Hause", sagt Annas Mama. „Es gibt eine Überraschung."

Verwundert macht sich Zafira auf den Heimweg. Sie läuft die Treppe in den zweiten Stock hinauf. Die Mutter steht am Treppengeländer und sieht so glücklich aus, wie sie Zafira lange nicht gesehen hat.

„Zafira, Schatz, komm schnell. Sieh mal, wer da ist."

Zafira starrt auf den Mann mit dem weißen Bart, der jetzt Jeans und frische Sachen anhat. Dann sieht sie seine leuchtenden dunklen Augen und fragt: „Papa?!?"

Sinan antwortet nicht, sondern nimmt seine Tochter wortlos in die Arme. Zafira ist glücklich, so glücklich! Papa! Ja, es ist ihr Papa, dem man allerdings ansieht, dass er schwere Zeiten durchgemacht hat. Dem fröhlichen Mann auf dem Foto gleicht er fast nicht mehr.

„Jetzt wird alles gut!", sagt Nesrin.

Es klingelt. Tante Selina kommt mit der ganzen Familie, Blumen und einer prall gefüllten Einkaufstüte.

„Wir müssen doch Sinans Rückkehr richtig feiern!", ruft sie fröhlich und drückt ihren Bruder vor Glück so fest, dass ihm fast die Luft wegbleibt.

Wenig später sitzen alle dicht gedrängt um den Wohnzimmertisch und vergessen für einen Moment all das Schreckliche, was passiert ist. Und dann wird erzählt und es werden Pläne für eine gemeinsame Zukunft geschmiedet. Für ein neues Leben in einem neuen Land. Mit Frieden. Mit neuen Nachbarn, neuen Freunden.

Eine echte neue Heimat vielleicht?